AF497899

LES VIIIe, X^e, ET XIVe

SATIRES

DE JUVÉNAL,

TRADUITES EN VERS FRANÇAIS

PAR U. E. BOUZIQUE.

Prix : 2 francs.

PARIS,

CHEZ MADAME LAROCHE, LIBRAIRE,

PALAIS-ROYAL, GALERIE DE BOIS, N° 202,

ET CHEZ LES MARCHANDS DE NOUVEAUTÉS.

—

1825.

Je donne au public la traduction de trois satires de Juvénal ; l'accueil que recevra cet essai m'indiquera si je dois ou non conti- nuer mon travail.

DE L'IMPRIMERIE DE PLASSAN, RUE DE VAUGIRARD, N° 15, DERRIÈRE L'ODÉON.

LES VIIIe, X^e, ET XIVe SATIRES

DE JUVÉNAL.

SATIRE VIII.

LES NOBLES.

Qu'importe d'un vain nom l'étalage orgueilleux ?
Que sert, ô Ponticus, d'exposer à nos yeux
Les traits de ces héros, honneur de notre histoire :
Les Scipions debout sur leurs chars de victoire,
Curius par les vers à moitié dévoré,
Corvinus sans épaule, en lambeaux déchiré,
Ou Galba regrettant son nez et ses oreilles ?
Est-ce là tout le fruit de leurs nobles merveilles ?
A quoi bon parcourir tous ces vastes tableaux,
La baguette à la main nommer les généraux,
Et les vieux dictateurs noircis par la fumée ;
Si de ces grands Romains souillant la renommée,
De leurs nobles vertus leurs fils dégénérés,

1

Insultent sans pudeur à leurs traits révérés ?
A quoi bon nous offrir ces images guerrières ,
Si des jeux de hasard, pendant les nuits entières,
Des vainqueurs de Numance offensent les regards,
Si lorsque ces héros levaient leurs étendards,
Quand l'étoile du jour ramène la lumière,
Dans les bras du plaisir tu fermes la paupière ?
De quel droit, surchargé d'un surnom glorieux,
Fier d'avoir vu le jour à l'autel de nos dieux,
Des guerriers de sa race invoquant la mémoire,
Fabius ose-t-il se couvrir de leur gloire ;
Quand son esprit avide, ambitieux et vain,
Se livre à ses désirs et sans règle et sans frein ;
Quand son corps épilé, languissant de mollesse,
Dé ses mâles aïeux accuse la rudesse ;
Quand enfin le poison par ses soins acheté,
Est pour quelque attentat en secret apprêté ?
Opprobre de son nom, ses funestes images
Souillent la majesté de ces grands personnages !
En vain de tes aïeux les antiques portraits
Décorent à l'envi les murs de ton palais ;
Leur grandeur ne saurait me cacher ta bassesse :
A mes yeux la vertu fait seule la noblesse.

Rappelle par tes mœurs les Paul et les Drusus ;
Aux tableaux enfumés préfère leurs vertus ;
Consul, à tes faisceaux qu'elles servent d'ombrage.
Les dons seuls de ton âme ont droit à mon hommage :

5

Des lois de l'équité rigide observateur,
As-tu toujours senti s'allumer dans ton cœur
L'amour sacré du bien et la haine du vice?
Je te connais pour noble à cet auguste indice.
Gétulicus, salut! honneur à Silanus!
Ou descends, s'il le faut, du sang de Romulus;
Précieux citoyen, ton heureuse patrie
Bénira le beau jour où tu reçus la vie.
Tu verras éclater les transports et les cris,
Dont retentit l'Égypte à l'aspect d'Osiris.
Mais quoi! j'honorerais une illustre origine
Dans l'obscur descendant d'une race divine,
Qui pour toute vertu ne m'offre qu'un grand nom!
Souvent on nomme Atlas un pauvre mirmidon;
Une fille parfois petite et contournée,
Du nom pompeux d'Europe en riant est ornée;
On appelle lion ou tigre ou léopard
Un misérable chien qui subsiste au hasard,
Tout rongé par les vers, tout pelé par la gale:
Prends garde, grand héros; crains qu'à raison égale
Tu ne sois décoré du nom de Créticus.

Ceci s'adresse à toi, Rubellius-Plautus.
Le beau sang des Drusus enfle ton arrogance,
Comme si ton mérite eût réglé ta naissance,
Et t'eût valu de naître au rang des demi-dieux
Plutôt que dans la foule et d'ignobles aïeux.
Qui de vous, nous dis-tu, race obscure et vulgaire,

Me pourrait indiquer le pays de son père?
Je descends de Cécrops. Tant mieux; d'un tel honneur
Que ton cœur à longs traits savoure le bonheur.
Cependant il faudra que ta vaine arrogance
Aille du plébéien implorer l'éloquence :
Des nobles ignorants il protége les droits;
Il éclaire le juge, il explique les lois;
Jeune, aux bords de l'Euphrate, il poursuit la victoire,
Le Batave dompté tremble devant sa gloire;
Il s'illustre aux combats; mais toi, Rubellius,
Tu descends de Cécrops, et ne peux rien de plus.
Vois le buste d'Hermès, c'est ta parfaite image;
En un seul point le dieu te cède l'avantage :
Hermès est fait de marbre, et ton buste est vivant.

Dis-moi, du grand Énée auguste descendant,
Parmi les animaux qui sont ceux que l'on vante?
On estime un coursier dont la fougue bouillante,
Aux cris des spectateurs de sa vigueur épris,
Mille fois dans le cirque a remporté le prix;
Qui, laissant loin de lui ses rivaux en arrière,
Se couvre le premier d'une illustre poussière;
Il est noble entre tous : on ne demande pas
Quel gazon a donné la vitesse à ses pas.
Mais la postérité d'Hirpin et de Corythe,
Quand son char lentement arrive à la limite,
Dans nos marchés publics est vendue au hasard.
Le sang de ses aïeux n'obtient aucun égard;

Et livrés à vil prix au joug de nouveaux maîtres,
Ces pesants rejetons d'impétueux ancêtres
Vont, d'un cou décharné, traîner des charriots,
Ou tourner tristement la meule de Népos.
Si donc tu veux qu'en toi ce soit toi qu'on admire,
Montre-nous des vertus que nous puissions inscrire
Parmi tous ces honneurs et ces titres pompeux,
Dont Rome généreuse honora tes aïeux.

Laissons ce jeune fou, plein de son origine,
Laissons-le se gonfler de sa race divine;
Aussi bien du destin ces heureux protégés,
Sont-ils en sens commun assez mal partagés.
Mais toi, cher Ponticus, d'une famille illustre
Ne va pas follement emprunter tout ton lustre.
Garde qu'en t'étayant de la gloire d'autrui,
Ce soutien enlevé, tout ne croule avec lui;
Sans l'appui de l'ormeau la vigne rampe à terre.

Sois fidèle tuteur, intrépide à la guerre;
Arbitre délicat, ne vois que l'équité;
Et si comme témoin en justice cité,
Il te faut déposer sur une chose obscure,
Quand même Phalaris prescrirait le parjure,
Quand pour te consumer ses taureaux seraient prêts,
Contre la vérité ne t'élève jamais;
Mais regarde toujours comme un forfait impie
D'immoler son honneur à l'amour de la vie,

Et de sacrifier, pour prolonger leur cours,
Ce qui seul peut donner quelque prix à nos jours.
En vain l'huître de Gaure à ses festins abonde ,
Des parfums de Cosmus vainement il s'inonde,
L'homme déshonoré déjà n'existe plus.

Lorsque comblant enfin des vœux long-temps déçus,
Du soin d'une province ou chargera ton zèle,
Impose à tes désirs une digue éternelle ;
Comprime l'avarice, étouffe la fureur ;
Des tristes alliés soulage le malheur.
Là, tu verras des rois, fantômes sans puissance,
Dont les préteurs de Rome ont sucé la substance.
Que ta conduite en tout soit conforme à la loi ;
Que les vœux du sénat restent sacrés pour toi.
Vois des bons magistrats quelle est la récompense ,
Et comment, sous le poids d'une juste vengeance,
Capiton, Numitor, lâches spoliateurs,
Ont de la Cilicie expié les douleurs.
Mais en vain la justice a fait briller son glaive ;
Ce qu'a laissé Natta, bientôt Pansa l'enlève.
Pour vendre tes haillons, cherche vite un crieur,
Vends, Chœrippe, et tais-toi ; car c'est une fureur
De risquer par-dessus le fret de ton navire.
Les peuples récemment soumis à notre empire,
Jadis de la rapine ignoraient les excès.
Riches et florissants, leurs jours coulaient en paix :
Alors dans leurs maisons regorgeait l'opulence ;

Tout marquait la richesse, attestait l'abondance :
Et les manteaux de Sparte, et la pourpre de Cos,
Et de Parrhasius les précieux tableaux,
Les vases de Mentor qui décoraient leurs tables,
Du ciseau de Myron les œuvres admirables,
Et l'ivoire animé par l'art de Phidias.
De là tant de forfaits, de là tant d'attentats :
Rien ne put des préteurs arrêter les rapines;
Et les trésors privés et les choses divines
Surchargeaient les vaisseaux d'Antoine et de Verrès;
Et riches du butin conquis pendant la paix,
Ces brigands auraient pu, des fruits du sacrilége,
De plus d'un général décorer le cortége.
Que ravir désormais aux peuples ruinés ?
Des cavales sans force et des bœufs décharnés,
Ou, sur l'autel caché de leurs secrets pénates,
Quelque buste soustrait aux précédents pirates.
Ce n'est rien, je le sais; mais c'est là tout leur bien.
Tu dédaignes peut-être et le vil Rhodien,
Et le fils parfumé de la molle Corinthe :
Tu le dois, j'y consens; en effet quelle crainte
Peuvent nous inspirer ces peuples avilis,
Au sein des voluptés dès long-temps abrutis ?
Mais du fier Espagnol respecte la patrie,
Redoute le Gaulois et l'enfant d'Illyrie;
Épargne l'Africain, ce peuple précieux
Qui nourrit Rome entière occupée à ses jeux :
Et qu'attendre d'ailleurs du vol et du pillage ?

Marius a naguère exploré ce rivage.
Prenons garde surtout que l'excès du malheur
Des peuples courageux n'irrite la valeur :
Quand tout l'or et l'argent serait en ta puissance,
Pourrais-tu leur ravir et le casque et la lance?
Le fer des opprimés est le dernier recours.

Non, ce ne sont pas là de frivoles discours :
La Sybille, crois-moi, par ma voix se révèle.
Si les gens vertueux guident toujours ton zèle,
Si jamais tes arrêts, payés par les plaideurs,
D'un bel adolescent n'achètent les faveurs,
Si ton épouse enfin, de tout soupçon exempte,
De pays en pays, de ville en ville errante,
Nouvelle Céléno, ne va pas en tous lieux,
Jusques au dernier sou pillant les malheureux ;
Alors fais à Picus remonter ta noblesse :
Et si les noms pompeux chatouillent ta faiblesse,
Sois issu des Titans, ces fiers rivaux des dieux ;
Que le fils de Japet soit un de tes aïeux ;
Des siècles écoulés évoque la mémoire,
Choisis où tu voudras dans la fable et l'histoire :
Mais si tes passions t'entraînent à leur gré,
Si ton barbare cœur, de carnage altéré,
Aime à voir d'un sang pur les verges arrosées,
Et des licteurs lassés les haches émoussées,
La splendeur de ton nom contre toi s'élevant,
Met ton ignominie en un jour éclatant :

Au rang du criminel la honte se mesure.
Que me font tes aïeux, lorsque ta signature
S'appose tous les jours à de faux testaments,
Au pied de ces autels qu'ont dressés tes parents,
Et devant la statue érigée à ton père?
Que me font tes aïeux, quand, nocturne adultère,
De la cape gauloise empruntant le secours,
Tu cours toute la nuit à d'infâmes amours?

    Près des tombeaux sacrés de sa famille entière,
L'épais Latéranus, tout couvert de poussière,
Vole rapidement sur un char emporté.
Lui-même, le consul, souillant sa dignité,
Oui, lui-même, il descend enrayer sa voiture.
C'est la nuit, il est vrai; mais toute la nature
Jette les yeux sur lui, les étoiles l'ont vu.
Que de son consulat le temps soit révolu,
Et bientôt en plein jour, ce cocher intrépide
Saisira, sans rougir, et la verge et la bride;
D'un vénérable ami loin d'éviter les yeux,
Il lui fera du fouet un signe injurieux;
A ses coursiers lassés, au retour du voyage,
Il offrira lui-même et l'orge et le fourrage;
Mais jusque-là, suivant nos rites solennels,
Frappe-t-il la victime au pied de nos autels:
Il n'invoque qu'Epone, ou telle autre effigie,
Dont les traits glorieux ornent son écurie.
Va-t-il au cabaret reprendre ses plaisirs:

Le baigneur Syrien accourt à ses désirs,
De seigneur et de roi tendrement le salue;
Et la leste Cyane, indécemment vêtue,
Vient offrir aussitôt son précieux flacon;
Mais pourquoi l'en blâmer? Et nous, me dira-t-on,
Nous avons fait aussi des écarts de jeunesse :
D'accord; mais l'âge mûr amène la sagesse.
Que le règne soit court de nos honteux excès;
Qu'avec le premier poil ils tombent à jamais.
Il faut aux jeunes gens donner quelque indulgence,
Je le sais; mais quels droits a-t-il à la clémence
Ce consul qui, sans honte, à l'aspect des Romains,
Veille dans la taverne et fréquente les bains?
Son bras est assez fort pour servir la patrie.
Les champs arméniens, les fleuves de Syrie,
Le Danube, le Rhin réclament sa vigueur;
Et son âge à Néron promet un défenseur.
Ordonne-lui, César, d'aller à la victoire;
Mais cherche au cabaret cet appui de ta gloire;
Là, tu le trouveras parmi des assassins,
Entouré de voleurs, d'esclaves, de marins,
Tandis qu'un peu plus loin des prêtres de Cybèle
Dorment près des bourreaux étendus pêle-mêle.
La stricte égalité règne dans ces beaux lieux;
Et la coupe et le lit, tout est commun entre eux.
Dis-moi, cher Ponticus, d'un esclave semblable
Quel serait le destin? Ah! bientôt le coupable
Verrait la Lucanie ou tes cachots toscans;

Mais envers vous, Troyens, vous êtes indulgens;
Et ce qui couvrirait l'artisan d'infamie,
Sied bien à Volésus, Brutus s'en glorifie.

Que dire, si malgré ces reproches honteux,
Je puis tracer encor des vices plus hideux?
Par tes débordemens réduit à la misère,
Pour crier dans le spectre, aux yeux de Rome entière,
Tu louas tes poumons, ô vil Damasippus.
Rome a pu voir aussi l'agile Lentulus,
Bien digne, à mon avis, d'une croix véritable,
Montrer dans Lauréole un talent admirable.
Mais le peuple lui-même est-il donc innocent?
Le peuple? il est encor cent fois plus impudent;
Lui qui peut écouter de telles infamies,
De ces patriciens voir les bouffonneries,
Applaudir les bons mots des plaisans Fabius,
Et rire des soufflets donnés aux Mamercus.
C'est peu; leur sang vendu va couler dans l'arène.
Que fait le prix? la vente est-elle moins certaine?
Le farouche Néron ne les y force plus;
D'eux-même ils vont quêter l'or du préteur Celsus.
Qu'un tyran nous présente, en sa rage homicide,
Les planches ou la mort : quel homme si timide
Oserait préférer au fer de ses bourreaux,
La honte de monter sur d'ignobles tréteaux,
Rival d'un Corinthus, ou jaloux de Thymèle?
Mais quoi! c'est une chose et simple et naturelle

Qu'un noble baladin sous un prince chanteur.
Bientôt le fils des dieux sera gladiateur.
Bientôt? Rome a déjà subi cette infamie.
Un Gracchus se présente à cette ignominie :
Du mirmillon craintif dédaignant les combats,
La faux, le bouclier ne chargent point son bras,
Et le casque n'a pas ombragé son visage.
Tant de soins messiéraient à son noble courage !
Mais voyez le trident qui s'agite en sa main;
Ses filets sont levés : les lance-t-il en vain ?
Aux yeux des spectateurs, il s'enfuit dans l'arène.
C'est bien lui, croyons-en sa mitre salienne;
Croyons-en sa tunique et ce bandeau flottant.
Son rival en frémit : un pareil combattant
Est pour le mirmillon le dernier des outrages.

Qu'il soit libre aux Romains d'émettre leurs suffrages;
Qui pourrait à Sénèque opposer son bourreau,
Ce Néron, avec qui dans un cercueil de peau
On dut coudre cent fois le singe et la vipère?
Oreste a comme lui sacrifié sa mère :
Quel rapport? Son poignard, dirigé par les dieux,
Vengea d'Agamemnon le trépas odieux.
Mais a-t-il de sa sœur tranché la destinée?
Son épouse par lui fut-elle assassinée ?
A-t-il à ses parents, au milieu des festins,
Présenté le poison qu'apprêtèrent ses mains?
A-t-il sur des tréteaux porté son infamie?

A-t-il peint d'Ilion le fatal incendie ?
Quels crimes plus affreux, quels plus grands attentats,
Des Galba, des Vindex devaient armer le bras ?
Pendant tout ce long cours d'un empire funeste,
Qu'a fait ce rejeton d'une race céleste ?
Où sont-ils ses talents et ses rares exploits ?
Il court aux étrangers prostituer sa voix ;
Et la Grèce l'a vu descendre de son trône,
Pour venir de ses jeux disputer la couronne.
Que tardes-tu, Néron ? De ces prix glorieux
Décore les portraits de tes nobles aïeux ;
Offre aux Domitius, tout fiers de ta victoire,
Et la robe et le masque, instruments de ta gloire ;
Va suspendre ta harpe au colosse sacré.

Et toi, tigre féroce et de sang altéré,
Qui pourrait effacer la splendeur de ta race,
Fougueux Catilina ? ta criminelle audace
Prépare sourdement et le fer et les feux
Destinés à nos toits, aux temples de nos dieux ;
Tes sicaires sont prêts, tu marques la victime :
Quelle robe de feu punirait un tel crime !
Mais le consul t'observe, et contient ta fureur ;
Et quand tout est frappé d'une morne terreur,
Ce chevalier nouveau, cet homme sans naissance,
L'habitant d'Arpinum, c'est lui dont la prudence
Des nobles factieux dévoilant les desseins,
Rassure les esprits et sauve les Romains.

Aussi la paix l'orna d'une palme plus belle,
Que les tristes lauriers et la gloire cruelle
Que tu cueillis, Octave, aux champs thessaliens :
Tes lauriers sont couverts du sang des citoyens ;
Mais Rome, du danger par ses soins garantie,
A nommé Cicéron père de la patrie.

Marius, d'Arpinum citoyen comme lui,
A prix d'argent d'abord sema le champ d'autrui ;
Bientôt, guerrier sans nom, sous les aigles romaines,
Du dernier des soldats il partagea les peines,
Et le sarment d'un chef châtia sa lenteur.
Ce fut lui cependant dont le bras protecteur,
Des hordes de Teutons arrêtant la furie,
Arracha du péril sa tremblante patrie.
Aussi lorsqu'en nos champs les troupes de corbeaux,
De ces corps de géants disputaient les lambeaux,
Son collègue, malgré tout l'éclat de sa race,
Ne put-il obtenir que la seconde place.

Vous, Décius, aussi, généreux citoyens,
Et de cœur et de nom vous fûtes plébéiens.
Cependant de vos jours l'offrande volontaire
Put des dieux infernaux apaiser la colère,
Et racheter le sang et des soldats romains,
Et de nos alliés, et des peuples latins.
Tant pouvaient auprès d'eux vos ombres magnanimes !
Tant ils estimaient cher de pareilles victimes !

Une esclave en son sein a porté Servius,
Ce dernier des bons rois dont les nobles vertus
Méritèrent d'orner l'éclat du diadême.
Mais des tyrans proscrits les fils du consul même,
Indignes du héros vengeur de son pays,
Méditaient le retour en nos remparts trahis ;
Eux, de la liberté défenseurs légitimes,
Qui devaient aux Romains des exploits magnanimes,
Capables d'étonner Coclès et Scévola,
Et la vierge échappée aux fers de Porsenna.
Bien digne aussi des pleurs des matrones romaines,
Un esclave livra leurs trames inhumaines ;
Et justement punis, ces vils fauteurs des rois
Tombèrent les premiers sous la hache des lois.

J'aime mieux qu'à Thersite on doive la naissance,
Si du fils de Thétis on peut brandir la lance,
Et voler aux combats sous les armes des dieux,
Que si, comptant Achille au rang de ses aïeux,
De l'ignoble Thersite on montre la bassesse.
Enfin, qui que tu sois, quand ta longue noblesse
Irait se perdre aux temps de nos premiers aïeux,
Tu n'en sortis pas moins d'un asile honteux ;
Et de tous ces héros dont tu te fais descendre,
Le premier fut berger, ou bien...., tu dois m'entendre.

SATIRE X.

LES VOEUX.

Des bords de l'Orient jusqu'aux rives du Tage,
Quel homme, de l'erreur écartant le nuage,
Des biens, des maux réels, exempt de passion,
Sait peser la valeur au poids de la raison?
Toujours en nos désirs le caprice nous guide.
Quel plan si bien tracé, quel projet si solide
Dont on n'ait craint l'issue ou pleuré le succès?
Les dieux prêtant l'oreille à leurs vœux indiscrets,
Ont plongé dans le deuil des familles entières.
Sous la toge, aux combats, nos funestes prières
S'élèvent vers le ciel, implorant le malheur :
L'un fait tonner sa voix terrible à l'oppresseur,
Hélas ! la mort l'attend au pied de la tribune.
L'autre est fier de sa force, et, dans son infortune,
Sa force l'abandonne et meurt en vains efforts ;
La plupart, aux trésors ajoutant des trésors,
De leur cupidité périssent les victimes.
On a vu, dans ces temps de douleurs et de crimes,
Les troupes de Néron assiéger Longinus,
Dans ses riches palais cerner Latéranus,

Des jardins de Sénèque envahir l'opulence ;
Le soldat ne vient pas au toit de l'indigence.
Voyez un voyageur qui chemine la nuit :
A-t-il de l'or ; il craint, il tremble au moindre bruit ;
Il entend l'assassin, il voit briller le glaive ;
A l'ombre d'un roseau que le zéphir soulève,
Il frémit d'épouvante et recule d'horreur ;
Mais s'il est pauvre, exempt de crainte de frayeur,
Il se rit des brigands, et chante en leur présence.

Arbitres du destin, donnez-moi l'opulence ;
Que mon coffre, au Forum, rempli jusques aux bords,
Brille majestueux entre tous les trésors.
Tels sont nos vœux ; telle est la prière ordinaire
Que l'homme fait entendre au divin sanctuaire.
A-t-on vu le poison dans l'argile exprimé ?
Insensé !... Mais frémis quand d'un vin embaumé
Dans des calices d'or jaillira l'étincelle.
Gloire à ces anciens, de sagesse immortelle,
Dont l'un sur les humains versait des pleurs amers,
Et l'autre, plus joyeux, riait de leurs travers.
La satire est facile, et le rire a des charmes ;
Mais comment, justes dieux ! trouver assez de larmes
Pour suffire à pleurer les vices d'ici-bas ?
Quels yeux assez féconds ne se tariraient pas ?
Tout de l'Abdéritain excitait l'allégresse ;
Tout lui prêtait à rire ; et cependant en Grèce
Il ne rencontrait pas des licteurs, des faisceaux,

La prétexte des grands couvrant les tribunaux ,
Et ces vils Syriens courbés sous la litière.
Qu'eût-il dit, s'il eût vu, tout couvert de poussière,
Le préteur exhaussé sur un char orgueilleux ,
Dans le cirque portant la tunique des dieux ,
Et des manteaux de Tyr étalant l'élégance ?
Qu'eût-il dit, s'il eût vu cette couronne immense ,
Dont le poids lasserait le cou le plus nerveux ?
S'il eût vu, soutenant ce fardeau glorieux ,
Un esclave en sueur sur le char de victoire ,
Rappeler au consul le néant de sa gloire ?
S'il eût vu les drapeaux, le sceptre, les clairons ,
Plus loin de ses cliens les nombreux escadrons ,
Et ceux dont la sportule a gagné la tendresse ,
Aux freins de ses coursiers courant pleins d'allégresse ?
Il n'en fallait pas tant à ce joyeux censeur ;
Le seul aspect d'un homme égayait son humeur.
Vrai sage, il nous apprend, par sa rare prudence,
Qu'un esprit merveilleux et digne qu'on l'encense,
Peut naître en Béotie et sous un ciel épais.
Les plaisirs des mortels, leurs pleurs et leurs regrets,
Tout l'amusait : le sort se montrait-il contraire,
Il narguait la fortune, et bravait sa colère.
Ainsi tous ces présens que nous offrons aux dieux,
Sollicitent des biens ou vains ou dangereux.

Quelques-uns, de l'envie excitant la vengeance,
Tombent précipités par leur pouvoir immense :

Ces longs amas d'honneurs et de titres pompeux,
Dans l'abîme entr'ouvert les traînent avec eux.
Le colosse arraché descend et suit le câble;
Le char vole en éclats sous la hache implacable;
Des coursiers innocens les pieds sont fracassés;
Tout s'apprête : déjà les bûchers sont dressés,
Déjà le feu s'élève à la voûte éthérée,
Elle brûle déjà cette tête sacrée
Qu'adorait à genoux tout le peuple romain;
La flamme dévorante a fait frémir l'airain,
Et l'immense Séjan se dissout et s'abîme.
O misère! ô leçon effrayante et sublime!
Encor quelques instans, et cet ambitieux
Qui fut après César le premier sous les cieux,
Des plus vils instrumens aura pris la figure.
Décore ton palais de fleurs et de verdure;
Cours vite au Capitole en ce jour de bonheur;
Immole une victime à Jupiter sauveur,
Le croc traîne Séjan dans les places publiques;
La foule, ivre de joie, insulte à ses reliques :
Quelle bouche! quels traits! j'en atteste les dieux,
Non jamais je n'aimai ce ministre odieux,
Jamais : mais quel soupçon l'a conduit au supplice ?
Quel est le délateur? quel témoin? quel indice ?
On ne sait; de Caprée arrive dans l'instant
Une lettre diffuse.... Il suffit, je t'entend.
Et que font les Romains? cette foule importune
Abhorre les proscrits et rit à la fortune.

Cependant si Nurscie eût aidé le Toscan,
Qu'elle eût livré Tibère au poignard de Séjan,
Ce même peuple alors, dans sa vaine inconstance,
Du nouvel empereur chanterait la puissance.
A ces grands intérêts nous sommes étrangers ;
Tranquilles, de l'état nous voyons les dangers,
Depuis qu'on ne vient plus marchander nos suffrages ;
Et ce peuple romain qui, dans les premiers âges,
Dispensait les faisceaux, l'empire, les honneurs,
Abruti maintenant par ses vils oppresseurs,
D'un front déshonoré porte la servitude ;
Il n'a plus qu'un seul cri, plus qu'une inquiétude :
Du pain ! les jeux du cirque ! avec Séjan, dit-on,
Bien d'autres vont descendre aux rives d'Achéron.
Qui pourrait en douter ? la fournaise est ardente.
Brutidius tout pâle et tremblant d'épouvante,
Près de l'autel de Mars s'est offert à mes yeux.
Lui-même, hélas ! vaincu dans son art odieux,
Bientôt, nouvel Ajax, s'immolera peut-être.
Hâtons-nous ; et tandis que l'ennemi du maître
Est encor sur la plage à la foule livré,
Courons fouler aux pieds son cadavre abhorré.
Mais mande ton esclave, insulte en sa présence
A ces restes sanglans qu'a proscrits la puissance ;
Qu'il te voie, ou bientôt à des juges pervers
Il ira te traîner tremblant, chargé de fers.
Voilà ce qu'on disait de l'ami de Tibère ;
Voilà ce qu'en secret murmurait le vulgaire.

Eh bien, envirais-tu ces respects, ces honneurs
Que rendaient à Séjan des flots d'adulateurs?
Voudrais-tu comme lui nager dans l'opulence?
Voudrais-tu, sans limite en ta toute-puissance,
Disposer à ton gré des licteurs, des faisceaux,
Choisir les magistrats, nommer les généraux;
Et tandis qu'au rocher de l'auguste Caprée
Croupit de l'empereur la majesté sacrée,
Du prince et de l'état arbitre souverain,
Envoyer tes décrets à tout le genre humain?
Tu désires du moins commander la milice,
Voir tous nos chevaliers soumis à ton caprice,
Au sein de ton palais entendre le clairon;
Sans doute cet éclat te séduit : pourquoi non?
Sans vouloir à personne arracher l'existence,
Il est doux cependant d'en avoir la puissance.
Mais si, trop équitable, à l'excès du bonheur
Le sort doit de ses coups mesurer la grandeur,
Quels désirs insensés, quels vœux si téméraires
Oseraient invoquer ses faveurs mensongères?
De cet ambitieux que traînent les bourreaux
Voudrais-tu revêtir la prétexte en lambeaux;
N'aimerais-tu pas mieux couler en paix ta vie,
Simple et bon magistrat dans Fidène ou Gabie;
Ou bien modeste édile, en habits peu pompeux,
Briser dans Ulubra les vases frauduleux?
Il a donc méconnu le bonheur véritable,
Ce Séjan, qui, toujours avide, insatiable,

Déjà gorgé de biens et comblé de grandeurs,
Redemandait des biens et de nouveaux honneurs.
Le malheureux ! lui-même apprêtant son supplice,
Élevait jusqu'aux cieux un superbe édifice
Dont les frêles appuis, venant à s'éclater,
Devaient hâter sa chute et la précipiter.
Qui renversa César et Crassus et Pompée ?
La puissance suprême avec peine usurpée,
Des vœux immodérés dont ils chargeaient les cieux,
Et que dans leur colère ont exaucés les dieux.
Des siècles parcourez les sanglantes annales :
Les tyrans et les rois aux rives infernales
Descendent presque tous flétris, ensanglantés ;
Le poignard les attend et leurs jours sont comptés.

Cet enfant qui, tout fier de sa jeune éloquence,
Va porter au rhéteur sa faible redevance,
Rival de Démosthène ou bien de Cicéron,
Déjà demande aux dieux la gloire de leur nom.
Leur gloire cependant leur a coûté la vie.
Tous deux ont par la mort expié leur génie.
Ton nom te fit trancher et la tête et la main,
O Cicéron ! jamais sous le fer assassin
Un méchant avocat n'a rougi la tribune.
Il eût pu mépriser les coups de la fortune,
Si, poète sans verve et proscrit d'Hélicon,
Il n'eût fait que chanter en dépit d'Apollon :
> *O Rome fortunée,*
> *Sous mon consulat née !*

Oh ! que j'aime bien mieux un poëme insipide
Que cette Philippique où sa voix intrépide
Flétrit le triumvir du sceau du déshonneur !
Un sort non moins cruel ravit cet orateur
Qui d'Athène à son gré réglant la destinée,
Semblait dicter des lois à la foule entraînée.
Sous quel astre malin a-t-il reçu le jour ?
Pourquoi faut-il qu'un père, aveugle en son amour,
L'ait envoyé, des feux de sa forge natale,
Écouter d'un rhéteur l'éloquence fatale ?

Le butin qu'un guerrier ravit aux champs de Mars,
Les javelots rompus et les débris des chars,
L'ornement des vaisseaux, les cuirasses sanglantes,
Des casques fracassés les visières pendantes,
Et de mornes captifs sur des arcs triomphaux,
Voilà pour les mortels les trésors les plus beaux ;
Au barbare, au héros de Rome et de la Grèce
Du meurtre et des combats soufflant l'aveugle ivresse,
Voilà le digne objet dont l'appât mensonger
Lui fit braver la mort et chercher le danger.
Tant la soif d'un vain nom nous presse et nous dévore !
Otez-lui ses honneurs, l'éclat qui la décore,
Qui pour la vertu seule aimera la vertu ?
Que de fois cependant l'univers a-t-il vu
Quelques fous à la gloire immoler leur patrie,
Avides de livrer, en leur fureur impie,
Leurs titres et leurs noms gravés sur un cercueil !

Stériles monuments ! vains calculs de l'orgueil !
Un figuier détruira ces honneurs éphémères :
Le destin frappe aussi les marbres funéraires.

Mettez sous le fléau les cendres d'Annibal :
Combien pèse aujourd'hui ce fameux général ?
Voilà donc ce guerrier trop serré dans l'espace
Que réchauffe le Nil et l'Océan embrasse !
Bientôt à l'Ibérie il dicte ses décrets ;
Des hauteurs de Pyrène il franchit les sommets ;
Vainement la nature à sa marche coupable,
Des Alpes opposa la neige impraticable,
Les rochers calcinés sont ouverts au vainqueur.
L'Italie est à lui ; c'est peu pour sa fureur :
Rien n'est fini, dit-il, tant qu'il nous reste à faire.
Il faut saper les murs de cette ville altière,
Et pour mettre le comble à des exploits si beaux,
Au milieu de Suburre arborer nos drapeaux.
Voyez-vous sur le dos de sa bête sauvage,
Ce borgne à ses soldats redonnant du courage ?
O le plaisant tableau ! qu'arrive-t-il enfin ?
O honte ! il est vaincu : victime du destin,
Il fuit, en Bithynie il va cacher sa gloire,
Et, courtisan sublime, attendre en un prétoire
Que le monarque daigne ouvrir enfin les yeux.
Il ne périra pas d'un trépas glorieux,
Les flèches et le glaive épargneront sa vie ;
Un anneau vengera les maux de la patrie,

Et le sang dont son bras a rougi nos sillons.
Va donc, insensé, cours escalader les monts,
Égorger les humains, ravager l'Italie;
Afin que les enfans, charmés de ton génie,
Déclament au rhéteur ta gloire et tes revers.

Pour le roi de Pella c'est peu de l'univers :
Il s'agite, étouffant dans les bornes du monde.
Malheureux ! on croirait à sa douleur profonde
Qu'à Sériphe ou Gyare il languit enchaîné.
Mais que dans Babylone entre ce forcené,
Un tombeau suffira pour contenir sa cendre.
Aux humains orgueilleux la mort peut seule apprendre
Combien ces faibles corps sont frêles et petits.
Si nous donnons croyance à ses pompeux récits,
La Grèce nous dira que le puissant despote
Sur l'isthme de l'Athos a fait voguer sa flotte;
Que sur la mer solide on vit les chars courir,
Par le Mède épuisés les fleuves se tarir,
Les fontaines cesser, et mille autres merveilles
Dont l'ivrogne Sostrate étourdit nos oreilles.
Le fouet de ce barbare inflige aux aquilons,
Un supplice inconnu dans leurs sombres prisons;
De fers injurieux il a chargé Neptune,
Et sans doute ce dieu dut bénir la fortune,
Si le roi d'un fer chaud ne le fit pas flétrir.
Quelle divinité l'eût voulu secourir?
Mais comment revint-il? dans un frêle navire,

Sur des flots teints de sang regagnant son empire,
Non sans peine il franchit les cadavres flottants.
Ainsi souvent la gloire a traité ses amants.

Les yeux levés au ciel et pâle d'épouvante,
O Jupiter, dis-tu dans ta prière ardente,
De mes heureux destins prolonge au loin le cours ;
A mes jours écoulés ajoute de longs jours.
Cependant que de maux assiègent la vieillesse !
Que de chagrins cruels la tourmentent sans cesse !
Voyez, voyez d'abord un visage hideux,
Pâle, défiguré, méconnaissable aux yeux,
Le cuir qui remplaça la peau fraîche et polie,
Les yeux caves, la joue et pendante et flétrie,
Et les nombreux sillons qui ravagent ses traits.
La nature, envers lui prodigue de bienfaits,
D'avantages divers a pourvu le jeune âge :
L'un est plus beau, cet autre a la force en partage;
Mais toujours le vieillard offre un aspect hideux.
C'est toujours un front triste et privé de cheveux,
Une voix faible et grêle, une bouche tremblante,
Et du nez d'un enfant l'humidité constante.
Trop faibles pour broyer un seul morceau de pain,
Ses gencives à nu se fatiguent en vain.
Digne objet de pitié, dans son malheur extrême,
Il pèse à son épouse, à ses fils, à lui-même,
Et pourrait rebuter jusqu'au vil captateur.

Les vins perdent leur sève, et les mets leur saveur;

Son palais lui ravit les douceurs de la chère.
Il ne se souvient plus des plaisirs de Cythère :
Vainement il perdrait des efforts impuissans,
Jamais le feu d'amour n'éveillera ses sens ;
Une nuit tout entière il resterait stérile.
Eh ! que peut espérer sa vieillesse débile ?
Est-ce à tort, après tout, que de vices honteux
On taxe le vieillard qui, sans force et sans feux,
Aspire à des plaisirs gardés pour la jeunesse ?
D'autres pertes encore affligent sa vieillesse :
Quels charmes ont pour lui les plus touchants accords ?
Séleucus tenterait d'inutiles efforts ;
De nos brillants harpeurs la douce mélodie
Pourrait-elle flatter une oreille assourdie ?
Qu'en un coin du théâtre il se trouve placé,
Ou qu'auprès de la scène il se soit avancé,
Qu'importe, à son tympan, si le bruit des fanfares,
A peine rend encor des sons faibles et rares ?
Il faut que son esclave, à force de poumon,
Lui répète quel homme entre dans la maison,
Ou quelle heure Phébus en sa course a tracée.

Bientôt son sang s'épuise ; à sa veine glacée
La fièvre donne seule un reste de chaleur.
Tout son corps est sans cesse en proie à la douleur.
Que de maux à la fois viennent troubler sa vie !
Je compterais plutôt tous les amants d'Hippie,
Combien, dans un automne, aux arrêts des destins

Thémison envoya de malades romains,
Ou combien Basilus, par ses ruses fertiles,
Trompa d'associés et vola de pupilles ;
Je compterais plutôt les athlètes nerveux,
Dont Maura dans un jour peut épuiser les feux,
Combien sous Hamillus se courbèrent d'esclaves,
Ou combien de palais et de riches enclaves
Possède ce barbier dont la main, à vil prix,
D'un poil trop importun me délivrait jadis.
L'un souffre dans les reins, un autre dans la cuisse ;
Chez l'autre la douleur dans l'épaule se glisse,
L'un, privé des deux yeux, des borgnes est jaloux ;
Celui-là, tout perclus, plus malheureux qu'eux tous,
Reçoit ses aliments d'une main étrangère :
Il ne peut que bâiller à l'aspect de la chère,
Et sa bouche béante attend les mets offerts ;
Ainsi quand l'hirondelle, accourant dans les airs,
A ses jeunes enfants porte la nourriture,
Leur bec avide s'ouvre, appelant la pâture.
Mais c'est peu : la démence ébranle sa raison,
De ses esclaves même il ignore le nom.
Ses yeux ont méconnu cet ami véritable,
L'ami qu'hier encore il reçut à sa table.
Il repousse ses fils loin des bras paternels,
Il leur ferme son cœur ; des ordres criminels
Leur enlèvent des droits créés par la nature :
Ses biens vont enrichir la courtisane impure.
Que ne corrompraient pas ces êtres dangereux

Qui des antres du vice épuisent tous les jeux!

Son esprit peut encor garder son énergie :
Soit ; mais il faut pleurer une épouse chérie,
Voir le bûcher d'un frère et l'urne d'une sœur,
Et des fils que le ciel donna dans sa fureur,
Conduire en gémissant la pompe funéraire.
Du malheureux vieillard telle est la peine amère :
La mort incessamment moissonne autour de lui ;
Et navré de douleur, isolé, sans appui,
Il traîne dans le deuil sa fatale vieillesse.
Homère a-t-il dit vrai : les peuples de la Grèce
Ont vu le vieux Nestor, dans sa verte vigueur,
Des jours de la corneille atteindre la longueur.
Heureux, il a long-temps vaincu les destinées,
Déjà sur sa main droite il compte ses années ;
Heureux qui tant de fois des trésors de Bacchus
A vu remplir la tonne et pressé le doux jus ;
Heureux !... l'entendez-vous, quand les flammes funestes
Du vaillant Antiloque ont dévoré les restes,
L'entendez-vous du ciel maudire la rigueur,
Et de l'affreuse Parque accuser la lenteur ?
Oh ! qu'ai-je fait, dit-il, et quel forfait impie
M'attira le tourment d'une si longue vie ?
Tel Pélée accusait le destin tout-puissant ;
Le vieux Laerte ainsi pleurait Ulysse absent.
Si la mort eût frappé le monarque de Troie,
Avant que l'adultère eût ramené sa proie,

Priam, abandonnant Ilion glorieux,
En pompe solennelle aurait vu ses aïeux ;
Ses fils auraient porté ses reliques sacrées ;
Et guidant d'Ilion les femmes éplorées,
Cassandre et Polyxène, en longs habits de deuil,
Auraient en gémissant escorté le cercueil.
Quel destin lui prépare une trop longue vie ?
Sous le fer et les feux il voit crouler l'Asie :
Alors d'un javelot armant son bras tremblant,
Il pose la tiare, et guerrier chancelant,
Va du maître des dieux ébranler la statue.
Tel un vieux bœuf, lassé du poids de la charrue,
Au barbare couteau de l'ingrat laboureur,
Vient présenter un cou débile et sans vigueur.
Quelque affreuse pourtant que fût sa destinée,
Il périt en mortel ; mais plus infortunée,
Son épouse, dit-on, à ses derniers moments,
Fit retentir les airs d'horribles hurlements.

Pressé d'interroger les fastes d'Italie,
Je laisse et Mithridate, et ce roi de Lydie
Averti par Solon que les faibles humains
Doivent, jusqu'à la mort, redouter les destins
Qu'apporte à Marius sa trop longue carrière ?
Minturnes, les cachots, l'exil et la misère,
Et le pain qu'à Carthage, assis sur des débris,
Il implore de ceux qu'il a vaincus jadis.
Quel mortel eût atteint le bonheur de sa vie ;

Quel plus grand citoyen eût orné sa patrie,
Si parmi ses guerriers, aux accens des clairons,
Entouré de captifs et Cimbres et Teutons,
Ce héros, descendant de son char de victoire,
Eût exhalé son âme ivre et belle de gloire?
Aux champs campaniens, par un heureux hasard,
La fièvre en vain frappa l'émule de César :
La douleur des cités, les vœux de Rome entière
Obtinrent le salut d'un tête si chère;
Elle était réservée au fer d'un assassin.
Vains caprices du sort! un plus heureux destin
Attendait Céthégus; sur le champ du carnage,
Catilina gisait exempt d'un tel outrage.

Voyez-vous cette mère, au temple de Cypris,
A voix basse implorant la beauté pour son fils,
Pour sa fille inquiète en sa vive tendresse,
De vœux immodérés fatiguer la déesse.
Des désirs maternels peut-on être irrité?
Latone de Diane admire la beauté :
Il est vrai; mais, dis-moi, Lucrèce aussi fut belle;
Virginie expirant sous la main paternelle,
De l'heureuse Rutile envia la laideur.
Ton fils a-t-il reçu cette triste faveur:
Plus de repos dès-lors pour sa famille en larmes ;
Ses parens trop punis ne vivront que d'alarmes.
Il est, hélas! si rare, en ce siècle empesté,
De trouver la pudeur unie à la beauté.

C'est en vain qu'à l'autel de ses dieux domestiques,
Il respira les mœurs et les vertus antiques ;
En vain, plus forte encor que toutes les leçons,
La nature, pour lui libérale en ses dons,
Lui fit présent d'un front que la pudeur anime :
Il cessera d'être homme, et bientôt l'or du crime
Viendra de ses parens tenter l'avidité.
Tant le vice est hardi ! de sa virilité
Jamais aucun tyran n'a, dans sa rage impure,
Privé l'adolescent qu'outragea la nature ;
Et jamais de Néron le caprice honteux
Ne ravit au sénat ni bossu ni boiteux.

Eh ! bien, applaudis donc à la beauté traîtresse
Qui d'un fils malheureux menace la jeunesse :
Adultère bannal, il tremblera toujours
Qu'un mari ne parvienne à punir ses amours.
Aux filets des jaloux Mars n'a pu se soustraire ;
Plus heureux, saura-t-il éviter leur colère ?
Colère insatiable, et qui, dans ses excès,
Terrible, ne connaît ni bornes ni décrets.
L'un périt sous le fer ; de ses chairs palpitantes
Un autre voit rougir les lanières sanglantes,
Ou sent ses intestins rongés par un poisson.
Tendre et fidèle amant, ton bel Endymion
N'adressera ses vœux qu'à l'amante chérie :
Peut-être ; mais bientôt à l'or de Servilie
L'ingrat, sans la chérir, offrira son encens ;

Il lui ravira tout, jusqu'à ses vêtemens.
Quelle femme en effet, dans son ardeur brûlante,
Refuse jamais rien au feu qui la tourmente?
Hippie et Catulla sont égales alors;
Et l'avare elle-même ouvrirait ses trésors.

Mais en quoi la beauté nuit-elle à la sagesse?
Hippolyte de Phèdre abhorra la tendresse;
Bellerophon a fui l'épouse de Prætus;
Quel sort leur prépara ce vertueux refus?
L'une et l'autre adultère en a frémi de rage,
L'une et l'autre a juré de venger cet outrage;
La femme dédaignée est un tigre en fureur.
L'épouse de César, foulant toute pudeur,
D'elle et de Silius apprête l'hyménée :
Quel parti prendra-t-il? victime infortunée,
Ce jeune homme est issu des plus nobles aïeux;
Son front est aussi beau que son cœur vertueux.
On le traîne tremblant aux pieds de Messaline.
Déjà le voile est prêt; le lit qu'on lui destine,
S'élevant avec pompe au milieu des jardins,
Affronte insolemment les regards des Romains.
On comptera la dot, suivant l'antique usage;
L'augure et les témoins seront au mariage.
Peut-être tu croyais, jeune homme infortuné,
Qu'en silence du moins tout serait terminé?
Vain espoir; elle veut un époux légitime.
Eh! bien, que résous-tu? repousse au loin le crime,

La mort au même instant punira tes refus;
Obéis, tu vivras quelques heures de plus,
Jusqu'à ce que de tous cette scène connue
Aux oreilles du prince enfin soit parvenue;
Il sera le dernier à savoir ces forfaits :
Tu peux, si quelques jours ont pour toi tant d'attraits,
Te livrer cependant aux vœux de ton amante;
Mais, n'importe ton choix, cette tête charmante
N'en tombera pas moins sous le fer du licteur.

Eh ! quoi l'homme au désir doit-il fermer son cœur?
Si tu m'en crois, aux dieux remets ta destinée.
Tu voudrais ce qui plaît à ton âme bornée;
Ils savent ce qu'il faut à cet être d'un jour.
L'homme plus qu'à lui-même est cher à leur amour.
Vains jouets d'une ardeur aveugle et téméraire,
Nous voulons une épouse et le doux nom de père;
Mais les dieux tout-puissans lisent dans l'avenir
Quelle épouse et quels fils nous devons obtenir.
Si tu veux cependant offrir des sacrifices,
Former des vœux encor, demande aux dieux propices
Avec un esprit sain un corps plein de vigueur;
Demande une âme forte, exempte de terreur,
Qui recevant la mort sans crainte et sans murmure,
L'estime un dernier don que lui fait la nature;
Qui garde dans la peine un front calme et serein,
A tous ses vains désirs sache imposer un frein,
Dans tous ses mouvemens marche toujours égale,

Et préfère avec joie, en son aprêté mâle,
Les fatigues d'Hercule et ses nombreux travaux
Aux festins, aux plaisirs, à l'indigne repos
Où de Sardanapale a langui la mollesse.
Voilà les vrais trésors : et de cette richesse
Tu peux, si tu le veux, devenir possesseur.
Oui, la seule vertu peut conduire au bonheur;
Fortune, tu n'es rien où règne la prudence :
C'est l'homme, l'homme seul qui créa ta puissance,
C'est lui qui t'a placée au rang des immortels,
C'est lui dont la faiblesse a dressé tes autels.

SATIRE XIV.

L'EXEMPLE.

Souvent, cher Fuscinus, par l'exemple du vice,
Un père flétrissant leur cœur jeune et novice,
De ses honteux excès, sous le toit paternel,
Offre à ses jeunes fils le tableau criminel.
Un vieillard que du jeu la passion dévore,
Verra son héritier, portant la bulle encore,
De son petit cornet lancer un dé roulant.
Par quel heureux destin serait-il tempérant,
Ce fils à qui les goûts d'un père à barbe grise,
Apprirent au berceau l'art de la gourmandise :
Comment le champignon doit être préparé,
Comment la truffe acquiert son parfum révéré,
Ou comment dans le jus le bec-figue surnage ?
C'est en vain que vos soins pour former son jeune âge,
Le livrant dès l'enfance aux lois des précepteurs,
Lui feront redouter leurs utiles rigueurs ;
Vous le verrez toujours chérir la bonne chère,
Et toujours regretter la table de son père.

Crois-tu que de ses fils adoucissant les mœurs,

Il leur montre à souffrir de légères erreurs,
Et grave dans leur cœur que le souverain Être
Forma du même sang et l'esclave et le maître ;
Ou plutôt, de leur âme arrachant la bonté,
Ne leur lègue-t-il pas sa froide cruauté,
Rutilus ce tyran, ce moderne Antiphates,
Ce nouveau Polyphème, effroi de ses pénates,
Qui d'un infortuné qu'accablent ses fureurs,
Aime à voir le supplice et compter les douleurs ;
Ne rêve que tourmens, que cachots et que chaînes ;
Et préfère cent fois au doux chant des Sirènes
Le bruit du fouet sanglant qui frappe un malheureux ;
Tigre féroce, il est au comble de ses vœux,
Quand le bourreau flétrit l'auteur d'un vol modique !
Pour compter les amans d'une mère impudique,
La fille de Larga, pressant en vain sa voix,
Respire en son débit pour le moins trente fois.
Comment eût-elle pu ne pas être adultère ?
Vierge, elle fut témoin des excès de sa mère :
Ils dictent aujourd'hui les billets amoureux
Qu'à son tour elle envoie à l'objet de ses feux
Par ceux qui de Larga servaient la flamme impure.
Telle sera toujours la loi de la nature :
Autant un jeune fils révère ses parens,
Autant l'affreux tableau de leurs débordemens
Grave plus fortement l'empreinte de leurs vices.
Un ou deux jeunes gens, que les dieux plus propices
D'une argile plus pure ont pris soin de pétrir,

Au milieu du torrent pourront se retenir ;
Mais le reste, entraîné dans l'ornière du crime,
Ira rapidement se plonger dans l'abîme.

Veux-tu donc à tes fils faire aimer la vertu :
Sois toujours en tes mœurs et sage et retenu ;
Car du vice et du crime imitateur docile,
L'homme suit aisément leur pente trop facile.
Tout peuple, tout pays eut son Catilina ;
Mais Caton, mais Brutus, quel temps nous les rendra ?
Que jamais geste impur ou parole indiscrète
Ne vienne d'un enfant profaner la retraite.
Loin de ces lieux sacrés les filles de Vénus,
Loin et le parasite et les chants de Bacchus !
Sachons d'un jeune enfant respecter l'innocence.
Jamais dans tes excès ne méprise l'enfance ;
Mais que l'aspect d'un fils te rappelle à l'honneur.
Si, sans règle et sans frein, du rigide censeur
Ses écarts quelque jour méritaient la colère ;
Si par ses actions trop digne de son père,
En suivant le chemin par toi-même tracé,
Dans la fange du vice il s'était enfoncé ;
Tu ferais éclater un courroux légitime,
Il porterait bientôt la peine de son crime ;
Et, ton ressentiment ne connaissant plus rien,
A quelqu'autre héritier tu léguerais ton bien :
Cependant de quel droit, réprimant sa jeunesse,
Pourrais-tu librement gourmander sa faiblesse,

Quand, vieillard éhonté, souillant tes cheveux blancs,
Tu te livres toi-même à des excès plus grands?

Attends-tu d'un ami la prochaine visite :
Plus de repos chez toi, tout s'empresse et s'agite :
Otez cette araignée et ses fils étalés ;
Essuyez avec soin les vases ciselés ;
Balayez ce plancher, frottez cette colonne.
Ainsi, la verge en main, le maître gronde, ordonne.
Tu trembles que d'un chien l'excrément odieux
Ne vienne de ton hôte importuner les yeux ;
Ou qu'un peu de limon ne souille ton portique ;
Aussitôt cependant un jeune domestique
Efface à peu de frais la trace des délits.
Songes-tu, malheureux, à montrer à ton fils
Une maison sans tache, et dont le sanctuaire
Ne fut jamais souillé par les vices d'un père?
Tu donnas au pays un citoyen de plus :
C'est très-bien, si formé par tes soins assidus,
Il apprit dès l'enfance à servir la patrie ;
S'il peut aux champs de Mars lui consacrer sa vie,
Ou suivant de la paix les travaux innocens,
Aborder la tribune ou cultiver les champs.
A former son esprit veille avec diligence ;
Tout dépend des leçons qu'on reçoit dans l'enfance.
La cigogne présente à ses jeunes enfans
Des morceaux de lézards, des tronçons de serpens ;
Aussi, dès qu'ils ont pris une plume nouvelle,

Font-ils à tout reptile une guerre cruelle.
Les vautours à leurs fils rapportent en lambeaux
De fétides débris d'hommes et d'animaux ;
D'où vient que cette race impie et sanguinaire,
A peine sur un arbre a préparé son aire,
Qu'avide de goûter à ces sanglans festins,
Elle vole aussitôt aux cadavres humains.
L'aigle dans les forêts poursuit d'un vol rapide,
Ou l'agile chevreuil ou le lièvre timide ;
Aussi quand, s'élançant du rocher paternel,
L'aiglon prend son essor dans les plaines du ciel,
Vous le voyez soudain, lorsque la faim le presse,
Fondre sur l'animal qui nourrit sa jeunesse.

Centronius bâtit : assemblés à grands frais,
Les marbres de Paros brillent dans ses palais.
Aux lieux où Tivoli désire son poète,
Aux coteaux de Préneste, aux rives de Caïete,
S'élèvent à l'envi des monumens pompeux,
Effaçant en splendeur les temples de nos dieux ;
Ainsi le Capitole éclipsé dans sa gloire
Des bains de Posidès confessait la victoire.
Mais tandis qu'il se livre à ses goûts effrénés,
Centronius a vu, dans le gouffre entraînés,
Disparaître bientôt ses biens et sa richesse.
Cependant du naufrage, heureux dans sa détresse,
Il avait conservé d'assez riches débris :
Mais son fils, de ses goûts plus follement épris,

Des palais paternels surpassant l'opulence,
Eut bientôt englouti cette modeste aisance.

Les enfants que le sort fit naître d'un Hébreux,
Aux nuages, au ciel, adressent tous leurs vœux;
Ils conservent toujours l'horreur héréditaire
De la chair du pourceau dont s'abstenait leur père;
Dès l'âge le plus tendre on les a circoncis.
Aux décrets des Romains prodiguant le mépris,
Ils s'attachent en tout à la loi que Moïse
Dans ses livres secrets à son peuple a transmise.
Quiconque n'est pas juif les supplîrait en vain
D'indiquer la fontaine ou montrer le chemin.
Mais pourquoi suivent-ils ces pratiques stupides?
C'est que, de leur sabbat observateurs rigides,
Leurs pères n'ont jamais, par d'utiles travaux,
De ce septième jour occupé le repos.

La jeunesse, d'ailleurs si prompte pour le vice,
A regret cependant se livre à l'avarice :
Mais enfin son esprit, par une ombre déçu,
A ses yeux fascinés la transforme en vertu.
Sans luxe en ses habits et le visage austère,
Elle sait se cacher sous un dehors sévère.
Un avare à coup sûr en tous lieux est prisé :
C'est un homme prudent, sage et bien avisé,
Économe surtout, et dont la vigilance
Sait mieux de ses trésors assurer l'existence,

Que si les fiers dragons d'Afrique ou de Colchos
Défendaient jour et nuit ces précieux dépôts.
Tout vante ses talens ; le vulgaire imbécille
Le respecte, et l'appelle un artisan habile :
Ce sont ces ouvriers dont les heureux efforts
Font croître la fortune et grossir les trésors.
Il est vrai ; mais comment se gonflent leurs richesses ?
En mettant à profit la ruse et les bassesses,
En exerçant toujours l'enclume et les soufflets.
Et cependant un père, épris de leurs succès,
Ardent admirateur des dons de la fortune,
Regardant en pitié la misère importune,
Croit qu'il n'est pas au monde un mortel plus heureux
Qu'un avare au milieu de ses trésors nombreux ;
Et domptant à la fin leurs cœurs long-temps rebelles,
Pousse ses jeunes fils sur des traces si belles.

Tout vice a ses secrets, ses principes reçus :
Leurs trop faibles esprits en sont bientôt imbus ;
Jusqu'aux plus vils détails lui-même il les ravale,
Il déroule à leurs yeux sa science fatale,
Et leur souffle de l'or l'insatiable ardeur.
Lui-même de la faim éprouvant la rigueur,
Ils le verront, muni d'une fausse mesure,
Des esclaves à jeun frauder la nourriture,
Enfermer en septembre un reste de hachis,
Conserver d'un pain noir quelques morceaux moisis,
Et gardant avec soin, pour un nouvel usage,

De fèves, de poissons un antique assemblage,
En mettre sous la clef les débris suspectés,
Ou serrer des poireaux dont les fils sont comptés.
Ramassez sur le pont le dernier misérable,
Il ne voudra jamais prendre place à sa table.
Mais dans quel but à l'or immoler son repos?
Quel prix de tant de soins, de peines et de maux?
N'est-ce pas après tout une insigne folie
De livrer au besoin une pénible vie,
Pour mourir entouré d'inutiles trésors?
Cependant quand le coffre est rempli jusqu'aux bords,
La fureur de l'argent croît avec l'opulence;
Peu de chose suffit aux vœux de l'indigence.
Une seule campagne est trop peu maintenant :
Hâte-toi d'acquérir un bien plus important.
Tu souris au désir d'étendre ton domaine,
Et le champ du voisin garnit toute la plaine :
Il faut donc acheter et ce champ fortuné,
Et le bois, et le mont d'oliviers couronné.
Malheur au possesseur, si, plus que téméraire,
De son bien à tout prix il ne veut se défaire!
Quand la nuit aux mortels versera le repos,
Des troupeaux affamés de bœufs et de chevaux
Dans ses jeunes épis porteront le ravage;
Et d'un maître pervers servant trop bien la rage,
Ils n'en sortiront pas que ces champs condamnés
Par leur faim en tout sens n'aient été moissonnés.
Que de gens d'un tel sort ont été la victime,

Et comblant à la fin l'espérance du crime,
En pleurant ont vendu le champ de leurs aïeux !
Sais-tu ce que de toi l'on raconte en tous lieux ?
Ce que va publiant l'indiscrète courrière ?
Eh ! que me font à moi les discours du vulgaire ?
Je préfère, dit-il, la gousse d'un lupin
Aux éloges pompeux que le canton voisin
Prodiguerait sans doute à ma noble misère ,
Si, pauvre laboureur du seul champ de mon père,
Je moissonnais encor de stériles guérets.
Mais, dis-moi, les soucis fuiront de tes palais,
Tu ne connaîtras pas le deuil et la tristesse,
Et le destin propice à ta longue vieillesse
A sans doute promis la joie et le bonheur,
Si tu peux quelque jour te dire possesseur
D'un terrain non moins grand que toute la contrée,
Qu'au temps de Tatius le peuple a labourée ?
Peu suffisait alors à ce peuple frugal.
Plus tard au vieux soldat qui vainquit Annibal ,
Quand ses pas chancelaient sous les glaces de l'âge,
La république enfin, pour prix de son courage,
Accordait tout au plus deux arpens de terrain ;
Et jamais on ne vit le citoyen romain,
Au-dessus du bienfait estimant le service ,
D'une ingrate patrie accuser l'injustice.
Ce modeste héritage était assez pour eux;
Il nourrissait le père et des enfans nombreux.
Là, sous un humble toit, l'épouse heureuse et sage

Allaitait de l'hymen un tendre et dernier gage ;
Non loin d'elle couraient, en leurs jeux enfantins,
Le fils de son esclave et trois jeunes Romains ;
Et lorsque les aînés, soutiens de la famille,
Rapportaient au logis la bêche ou la faucille,
Un plus ample repas, mais non plus somptueux,
Dans de vastes bassins se préparait pour eux ;
Mais ce terrain, jadis leur unique domaine,
Pour tracer un jardin nous suffirait à peine.
De là tant de forfaits ; et de nos passions
Aucune plus souvent n'exprima les poisons,
Plus souvent ne poussa le fer de l'homicide,
Que cet amour des biens, de plus en plus avide.
Quand on veut être riche, on veut l'être à l'instant ;
Et quel respect des lois serait assez puissant,
Quel danger, quelle honte auraient assez d'empire
Pour arracher l'avare au penchant qui l'attire ?

Voyez cette cabane et le coteau voisin,
Répétait le vieillard Marse, Hernique ou Vestin :
O mes fils, que ce soit toute votre opulence !
Vivez toujours contens d'une mâle indigence,
Au sein de nos guérets cherchons nos alimens ;
Labourons : la charrue est chère aux dieux des champs,
A ces dieux bienfaisans dont la main tutélaire,
Délivrant les mortels du gland héréditaire,
Leur apprit à tracer des sillons fructueux.
Le seul penser du crime est toujours odieux,

Lorsque, pour affronter la neige et la froidure,
On ne dédaigne pas notre antique chaussure;
Ou lorsque revêtu d'une simple toison,
On se plaît à braver l'Eurus et l'aquilon.
C'est la pourpre étrangère et jadis ignorée,
Qui nous ouvre aux forfaits une route abhorrée.

Tels étaient les avis et les conseils prudens,
Que tous ces vieux Romains léguaient à leurs enfans.
Aujourd'hui de son fils, dans l'hiver le plus rude,
Un père, que du gain conduit l'inquiétude,
Au milieu de la nuit va troubler le repos :
Debout, dit-il, debout; retourne à tes travaux :
Écris; d'un plaidoyer façonne l'éloquence;
De nos antiques lois médite la science,
Ou fais-toi dans les camps nommer centurion.
Surtout que Lélius avec attention
Contemple de ton dos les formes vigoureuses,
Tes cheveux hérissés et tes cuisses nerveuses.
Détruis le toit du Maure et le fort du Breton;
Cours vite, afin qu'un jour, en l'arrière-saison,
Une aigle glorieuse, ornant ta main débile,
Te couvre d'un honneur aussi brillant qu'utile.
Ou si les champs de Mars pour toi manquent d'appâts,
Si le bruit du clairon annonçant les combats
Trouble de tes humeurs l'équilibre ordinaire,
Le commerce t'apprête une riche carrière.
Achète, et, si tu peux, revends à double prix.

Ne va pas dédaigner tous ces objets proscrits,
A qui la loi défend de passer la rivière ;
Vends et cuirs et parfums, tout gain est bon à faire ;
L'or, n'importe la source, a toujours bonne odeur.
Répète à chaque instant et grave dans ton cœur
D'un poète fameux la sentence divine :
Personne des trésors ne cherche l'origine,
Savoir en amasser est le point important.
Au petit-fils qui vient caresser son argent,
Une vieille grand'mère a bien soin de la dire,
Et la fille l'apprend avant de savoir lire.

O malheureux ! dirais-je à ce père insensé,
Quelle fureur t'agite ? es-tu donc si pressé ?
Va, tranquillise-toi ; je puis te le promettre,
Le disciple bientôt surpassera le maître.
Tel qu'on vit par Ajax Télamon éclipsé,
Et l'époux de Thétis par Achille effacé,
Ainsi ton fils saura te vaincre en avarice.
Daigne encor l'épargner : la semence du vice,
Qu'avec le sang d'un père il reçut en naissant,
N'a pas encor germé dans son cœur innocent.
Mais laisse-le peigner sa barbe plus épaisse ;
Tu le verras, touchant les pieds de la déesse,
Aux autels de Cérès, vil calomniateur,
Trafiquer du parjure et vendre son honneur.
C'en est fait de ta bru, si d'une dot fatale
Elle vient enrichir la maison conjugale.

Lorsque, se confiant à ce monstre inhumain,
L'infortunée en paix dormira sur son sein,
Avec quelle fureur elle sera pressée !
Ainsi plus promptement, par une route aisée,
Il obtiendra ces biens qu'au prix de longs travaux,
Il lui faudrait chercher sur la terre et les flots.
Le plus grand des forfaits à commettre est facile.
Tu diras quelque jour, en ta plainte inutile :
Jamais je n'enseignai de pareilles horreurs.
Je le crois; cependant de toutes ces fureurs
Tu fus seul l'origine et la cause première.
Car le père insensé, dont la voix téméraire
Souffle au cœur de son fils la fureur des trésors,
Délivrant les coursiers de la bride et du mors,
Sur le timon du char laisse flotter les rênes;
Bientôt pour les calmer ses menaces sont vaines;
Par leur fougue entraînés, ils courent au hasard,
Et portent loin du but et le maître et le char.
L'homme toujours, pour lui facile et débonnaire,
Dans la route du mal se croit trop en arrière.

Répéter à ton fils ce précepte inhumain :
Fou qui sert ses amis, insensé dont la main
D'un parent malheureux allège la misère,
N'est-ce pas lui crier : sois perfide, faussaire,
Vole, de la fortune enlève la faveur.
La fortune ! il n'est rien de si doux à ton cœur.
Ainsi les Décius adoraient leur patrie,

De Ménécée ainsi Thèbes était chérie ;
(Cette ville qui vit du sein de ses sillons
S'élever tout armés de nombreux bataillons,
Qui soudain aux combats s'élançaient avec rage,
Comme si le clairon eût sonné le carnage.)
Ainsi de plus en plus dans son cours animé,
Cet incendie affreux, par tes soins allumé,
Par des débris au loin marquera son passage.
Toi-même, malheureux, éprouveras sa rage ;
Et bientôt l'on verra ce lion irrité
Entraîner avec lui son maître épouvanté.
L'astrologue observa l'astre de ta naissance ;
Mais la parque est trop lente à son impatience ;
Ton fils n'attendra pas que ses ciseaux soient prêts.
Tu le gênes déjà, tu nuis à ses projets ;
Déjà ton éternelle et fâcheuse vieillesse
Comme un poids importun, le fatigue et l'oppresse.
Crois-moi, si du printemps tu veux cueillir la fleur,
Et des fruits du figuier savourer la douceur,
Va trouver Archigène, achète en diligence
Ce que de Mithridate inventa la prudence :
Avant chaque repas, d'un semblable élixir
Les pères et les rois doivent se prémunir.

A tes regards charmés veux-tu que je présente
Une scène plus riche et plus divertissante
Que tous ces jeux, enfans du luxe d'un préteur :
Regarde où de l'argent nous conduit la fureur ;

Au prix de quels dangers on court à l'opulence;
Quels travaux, pour remplir un coffre-fort immense
Qu'on puisse confier au vigilant Castor.
(Car personne au dieu Mars ne porte son trésor,
Depuis que, patient à souffrir une injure,
Le vengeur n'a pas su défendre son armure);
Laisse donc là les jeux de Flore et de Cérès :
Que les jeux de la vie offrent bien plus d'attraits !

On court du voltigeur admirer la souplesse,
De l'agile sauteur on applaudit l'adresse;
Mais, dis-moi, n'est-il pas plus amusant cent fois
De te voir habiter un navire crétois,
Y prendre domicile, et dans ta folle audace,
Sans cesse de Corus affronter la menace,
Pour vendre quelques sacs dont on sent trop l'odeur,
Ou ramener à Rome une épaisse liqueur
Qu'on exprima jadis sur l'antique rivage
Qui du maître des dieux protégea le jeune âge ?
Du moins ce malheureux qui, d'un pas incertain,
Vient offrir au public un spectacle inhumain,
Expose-t-il ses jours pour gagner de quoi vivre;
A nos plaisirs cruels c'est la faim qui le livre.
Mais toi, qui t'inspira cette témérité ?
Quels moteurs ? l'avarice et la cupidité.
Voyez-vous comme aux ports tout s'agite et s'entraîne :
Les flottes à l'envi couvrent l'humide plaine;
Le sol est dépeuplé, tout roule sur les eaux.

Partout l'espoir du gain fait cingler les vaisseaux.
C'est peu de parcourir le rivage Gétule;
Ils iront, au-delà des colonnes d'Hercule,
Entendre le soleil frémir au sein des flots.
A quoi bon ces périls? pourquoi tous ces travaux?
Pour rapporter, tout fier, au sein de sa patrie,
Quelques sacs gonflés d'or, une bourse remplie,
Et conter qu'on a vu, dans ces climats lointains,
Les dieux de l'océan et des monstres marins.

Chacun a ses accès : l'un voit les Euménides,
Secouant leurs flambeaux et leurs serpens livides,
Le poursuivre tremblant jusqu'aux bras de sa sœur;
Cet autre, sur un bœuf exerçant sa fureur,
Pense venger l'affront d'un jugement inique.
Un avare, il est vrai, respecte sa tunique;
Mais il n'en a pas moins besoin d'un curateur,
L'insensé qui, cédant à sa triste fureur,
D'un vaisseau surchargé conducteur malhabile,
N'oppose à l'océan qu'une planche fragile.
Le temps se rembrunit, déjà brille l'éclair :
Qu'importe? ôtez le câble, élançons-nous en mer,
S'écrie à haute voix ce marchand intrépide,
De poivre et de froment accapareur avide.
Cette sombre vapeur et ce ciel nébuleux
Ne sont pas, croyez-moi, d'un présage fâcheux;
C'est la chaleur d'été qui produit cet orage.
Et cette nuit peut-être, au milieu du naufrage,

Son navire en débris nagera sur les eaux.
Lui-même on le verra lutter contre les flots,
Et sa bourse à la main implorer le rivage.
Et celui dont tout l'or du Pactole et du Tage
N'aurait pas assouvi les vœux immodérés,
Bientôt, couvrant son corps de lambeaux déchirés,
Ira de son malheur promener la peinture.
Heureux ! s'il peut trouver un peu de nourriture,
Ou par ses cris plaintifs arracher au passant
Quelque faible secours qu'il lui jette en courant !

    C'est au prix de ces maux qu'on vient à la fortune ;
Mais que la jouissance en est plus importune !
Quels soucis éternels ! que de soins et d'efforts !
Qu'il est dur de toujours veiller sur ses trésors !
Les réservoirs sont prêts : des gardes à toute heure
Du riche Licinus entourent la demeure ;
Nuit et jour inquiet, il craint pour son palais,
Son ivoire et son ambre achetés à grands frais.
Le feu ne prendra pas au tonneau du cynique ;
Brisez-le : un peu de plomb réparera la brique,
Ou demain il sera dans un vase nouveau.
En voyant ce grand homme au fond de son tonneau,
Alexandre comprit combien, par la sagesse,
Celui qu'aucun désir n'inquiète et ne presse,
Goûte un bonheur plus pur que l'homme forcené
Qui, rêvant à ses pieds l'univers enchaîné,
Avide de courir de victoire en victoire,

S'apprête des périls non moins grands que sa gloire.

Si nous sommes prudens, que craindre de tes jeux,
Fortune? l'homme seul t'a mise au rang des dieux.
Cependant où doit-on borner son opulence?
Désire seulement avoir en ta puissance
Ce qu'il faut pour braver la faim et les saisons,
L'humble toit où Socrate expliquait ses leçons,
Et le petit jardin, délices d'Épicure;
La raison veut toujours ce que veut la nature.
Cette rigueur austère effarouche nos cœurs :
Donne donc, j'y consens, quelque chose à nos mœurs;
Aspire à posséder la somme fortunée,
Aux quatorze gradins par Othon destinée.
Mais ta lèvre s'allonge en signe de dédain;
Double, triple le cens : alors si dans ton sein
Brûle toujours de l'or la soif immodérée,
C'en est fait; la blessure est trop invétérée.
Je t'abandonne en proie à toute ta fureur.
Rien n'éteindrait le feu qui consume ton cœur;
Ni les riches trésors du roi de la Lydie,
Ni les vastes états des despotes d'Asie,
Ni les biens que de Claude obtint son favori,
Narcisse, cet avide et puissant affranchi,
Qui du faible César modérateur suprême,
Le força d'immoler son épouse elle-même.

www.ingramcontent.com/pod-product-compliance
Lightning Source LLC
LaVergne TN
LVHW021150200726
843510LV00001B/290